# 星飛んで

## 志村斗萌子句集

*hoshitonde*
*Shimura Tomoko*

ふらんす堂

# 序

黒　髪　を　弄　び　ゆ　く　朧　月　　斗萌子

長身で黒髪の美しい斗萌子さんに初めてお会いしたのは今から十五年ほど前だった。当時「未来図」の同人だった黒澤麻生子さんが私の指導句会に連れていらしたのである。会社勤めの三十代の独身女性とのことだったので、華やかなイメージを抱いていたが、お会いすると控え目で、はにかみがちで、初々しい印象の方だった。

バレンタインデー妄想の暴走す
恋　愛　の　偏　差　値　低　し　水　着　き　て
ででむしや夢はなくとも夢見がち

初期の頃に詠まれたこれらの句に斗萌子さんらしさが表れている。恋愛に憧れて空想を膨らませている一句目。海に遊びに行っても恋など生まれそうにない性格を偏差値で表した二句目。将来への確たる夢はないのだが、夢見る心を失っていないという三句目。いずれも若い女性の率直な思いが出ているが、自身を客観視しているので清潔感があり、好感が持てる。

斗萌子さんのこの客観的な視座はその後の人生に於いても変わらなかった。最愛の御祖母様が亡くなられたときも、深い悲しみに沈んだのであろうが、感情を抑え、穏やかに表現されていた。

冬の日や人形のごと祖母抱かれ
霜の夜や祖母の手固く組まれたる
祖母好みし花林糖買ふ彼岸かな

その後間もなく結婚されたが、その時も生活の変化を淡々と句になさった。

初蝶や新たな名前書いてみる

薔薇の芽や父とは違ふ夫の癖

山道の夫の早足青嵐

姓が変わることを詠んだ句で結婚を報告。男兄弟がいない家庭に育ったので、身近な男性と言えば父であったが、父と夫の違いに戸惑いを覚え、それをロマンのある薔薇の芽に託した。夫の早足について行くことも新鮮な経験だったのであろう。衒わない言葉は読み手の胸にすとんと落ちてくる。それが斗萠子俳句の魅力である。

ダンディーなお父様もたびたび句の対象になっている。

風鈴市父の気に入る音探し

墓参り父ときまりの定食屋

結婚後も仕事を続けられていて、職場での苦労も時折詠まれ、同世代から共感を得ている。それらもまた客観的に詠まれている点が強みである。

残業や煮過ぎし麦茶ほろ苦く
新任の上司の口調春の雷
半夏生給湯室の話し声
引継ぎの終はらぬままに桜散る

会社という組織の中で葛藤もあるだろうが、心根が優しく、誠実な斗萌子さんは真摯に向き合って一つ一つを乗り越えているようだ。

蒲公英や階段下といふ居場所
蘭鋳の哀しき泡を吐いてをる
夕闇を来たる守宮に名を付けて

階段の下を選んで咲いたような蒲公英に共感を覚えた句、泡を吐く蘭鋳を哀しげだと捉えた句、家で見つけた守宮に親しさを覚えた句。いずれの句も斗萌子さんの胸奥を垣間見るような気がする。生きとし生けるものはすべて根源的な哀しみを負っていることに気づいた者だけが持つ視点であり、それは詩の最も大事な要素と言って良いであろう。

鍵和田秞子先生も斗萌子さんの中に、繊細な感性があることを見抜き、可愛がっておられた。そして斗萌子さんは早々に未来図新人賞を受賞した。

歴史や伝統行事にも関心が高い斗萌子さんは、お住まいの近くの池上本門寺の御会式やご夫君の出身地である山梨の風土などもよく詠んでいる。

どこからか会式太鼓の迫り来る

万灯の引かれて帰る裏の道

山霧は穢れを祓ひ奥の院

「未来図」の他に、「秋麗」の創刊にも参加してくださり、若手が中心の「うららの会」で毎月お会いした。句会が終わると、斗萌子さんはいつも、句会で選ばれなかった句を推敲して私に意見を求めにいらした。自作を捨てず残そうとするのである。その熱意が実って、句に磨きがかかり、詩情豊かな句を生み出すようになった。

冬北斗謳ひ継がるる物語
水澄みて心に船を浮かべけり
冬鳥や羽撃くために棄てしもの
百地蔵に百の願ひや冬日向
涅槃西風荷台の牛は高く鳴き

一句目からはホメロスやインドの叙事詩が連想される。二句目では秋の水を見て遥か彼方への船旅を夢見る。三句目は厳寒の冬を生き抜く鳥の覚悟を思った。四句目は地蔵一体一体が人々の祈りを受けとめているという把握。五句目は涅槃西風が吹くころ、インドで神聖とされる牛の声が聞こえてくると詠んだ。いずれも広く深い視野に裏打ちされた句である。

結婚後はご夫君の実家がある山梨が斗萌子さんの第二の故郷になった。

春はじめ義父母に玉露淹れにけり
庭広き夫の実家の一位の実

仕事と家事で忙しい日々を送る斗萌子さんのリフレッシュは小説を読むことだという。句集の中に、小説の影響と思われるドラマチックな句が散見される。

花カンナ呪ひのダイヤあるといふ
蚊帳吊つて家族ゲームを続けをり

斗萌子さんは自分を人生という物語の中の主人公のように捉えているのではないか。その結果として自身を客観的に詠むことができるのではないかと思った。

春浅し最後のページ先に読み
星飛んで結末変はる物語

この先、自分の物語がどのようになってゆくのかを気にかけつつ、思いがけない展開があっても、それを楽しもうという気持ちになっている。それが「星飛んで」の句となった。この心の余裕が今後の人生を生き抜く力となるであろう。これからも斗萌子さんならではの繊細な感性を失わず、さらに句境を深めていっていただきたい。

俳壇の多くの方々に斗萌子さんの世界を知っていただく機会として、この句集の上梓を心よりお喜び申し上げたい。

「秋麗」主宰　藤田直子

令和四年　芒種

星飛んで＊目次

句集

# 星飛んで

志村斗萌子

# 第一章　聖夜劇　2008〜2010

黒髪を弄びゆく朧月

バレンタインデー妄想の暴走す

でむしや言へば言ふほど意固地なる

甥つ子の飼ふ甲虫外来種

恋愛の偏差値低し水着きて
逢ひたきを曖に出さずラムネ飲む

揉め事に首を突つ込み羽抜鶏

残業や煮過ぎの麦茶ほろ苦く

光背を取りし菩薩の涼しさよ

涼風や菩薩にあやしき背のくぼみ

風鈴市父の気に入る音探し

病室の手を振る父に西日差す

手の厚き合掌地蔵終戦日

秋の蚊や僧侶の話殺ぐほどに

日をまとひ風を滑らす芒原

聖夜劇天使の目蓋重くなり

くたくたに葱煮て父の鍋奉行

初詣手ふきを父に借りにけり

寒菊やだんだん祖母に忘れらる

待春の大樹の鼓動聞きにけり

春眠の祖母の息の緒そつと見る

父の老いに気がつかぬ振り春落葉

雛壇に生まれの違ふ雛寄せて
古雛行方の知れぬ后待つ

寺継ぐ子抱かれてゐたる彼岸かな

四月馬鹿妙に優しく呼ばれたる

息止めて人込み抜くる桜桃忌

半夏生身代り守り割れにけり

寄り添うて茅の輪をくぐる宵のうち
形代をこの世の果てへ流しけり

一心に身を舐むる猫夏祓

滝行者木の葉拾ひて地を浄め

菩提寺の大金魚見て墓参り

掃苔や父は煙草を買ひに行き

稲妻や光の剣振り下ろす

台風のちかづく夜に逢ひにゆく

台風裡深き眠りに逃げ込んで
炊きたての栗飯なれどもの足らず

九十四歳祖母永眠　三句

冬の日や人形のごと祖母抱かれ

霜の夜や祖母の手固く組まれたる

旅立ちの白足袋はかす冬の朝

ジャム舐めて壜を空にす漱石忌

カーナビの案内遅し雪催

七種粥仄かに香る土の味

見つめても見つめ返さぬ水仙花

父の炒る福豆少し焦げてをり

# 第二章　薔薇の芽

２０１０〜２０１３

初蝶や新たな名前書いてみる

薔薇の芽や父とは違ふ夫の癖

春はじめ義父母に玉露淹れにけり

癖強き髪を撫でつけ朧月

思ひ出し笑ひこらへてシャーベット

山道の夫の早足青嵐

抽斗に常備の菓子や半夏生

押入れの匂ひの祖母の日傘かな

紅茶葉の開きゆくなり未草

箱釣や弱りしものをすくひをる

夕闇を来たる守宮に名を付けて

晩涼や猫の集会通り抜け

深々と墓灯籠の杭を打つ

墓参り父ときまりの定食屋

蟷螂や少し哀しき方がよく

無花果や夫の見せをる他人顔

焼芋の火加減夫に任せをり

冬薔薇少し離れてそばにゐて

餅搗の杵臼洗ふ井戸の水

炒りすぎのごまめせつせと食べにけり

冬館人遠ざけて人恋し

注連縄の太きを夫とくぐりけり

雪催結婚指輪きつくなり

豆撒やびくともせざる鬼のゐて

薄氷や苦手な人と会話して

残業の草餅安く買ひにけり

水分の多き体や涅槃西風

強東風や仏頂面の巫女のゐて

甘茶たく寺の女の素肌美し

贅沢なティッシュを使ふ花疲れ

古民家にごろ寝座敷や夏きざす

蚊帳吊つて家族ゲームを続けをり

ででむしや夢はなくとも夢見がち

夏の月祖母の喪服を貰ひけり

ベランダの夫の眼差し遠くなり
氷苺細かき事は後にして

沙羅の花流行りの服でなけれども
浴衣買ふ大きな柄を見立てられ

涼風や草田男墓にたどり着き
ため息は魔のさす刹那麻の花

山里の衰へ覆ふ蕎麦の花
雨雲に成らんと霧の立ち上る

盂蘭盆会実家の遠くなりにけり

桐一葉吾の願ひと夫の夢

二百十日父の提げ来る密造酒

胡桃割る意固地になりし背中して

クリスマス三文小説書いてみる

寺街の呼び合ふやうな除夜の鐘

小豆粥うすむらさきの灰汁すくふ

子の刻の豆撒き闇に吸ひ込まれ

朝摘みの韮がデスクの下にあり

新任の上司の口調春の雷

蒲公英や階段下といふ居場所

藤棚の下でするりと距離縮め

磯遊び髪に潮の香持ち帰る

船乗りの手を振り合うて風薫る

桐の花赤子にかざす僧侶の手

浅草を祭の風が駆け巡る

江戸っ子の腰の浮き立つ祭笛
担ぎ棒握り渡御待つ小さき手

手に残る硬貨の匂ひ夜店果つ

炎昼の糠床に塩足しにけり

冷房に攻められてゐる会議かな

菩提寺に人の溢れて盆の月

祖母眠るひぐらし響く郷の山

稲光遠くの寺の甍見え

遠く住む姉に貰ひし梨かをる

宵闇や直会の声高らかに

現在地分からぬままに花野ゆく

流星や翼短き麒麟像

大振りのショールを纏ふランチかな

凩やミニスカートを穿いてゐて

街並みに城壁残し冬北斗

六花この世に触れて黒くなり

四つ割りの白菜樽を埋めてゆく

夜半の冬魚の粗を煮てをりぬ

魚狙ふ鷺の背後の寒さかな

人日の鍋ぐらぐらと煮えてをり

# 第三章　黒揚羽　２０１３〜２０１６

猫の住む古きアパート春の闇

啓蟄や新しき靴履いてゆく

祖母好みし花林糖買ふ彼岸かな

錆のある小さき電車のどかなり

杉の花言葉を荒く使ひたる

春の闇鋭くなりし糸切り歯

少年の真つ直ぐな征矢若葉風

心地よき女の嘘や桜桃忌

半夏生給湯室の話し声

天蛾や探り合ふやうなる会話

梔子の花の誘ひを拒みけり

黄雀風琥珀の中の空気かな

繰り返し見る夢のあり水中花
黒揚羽護摩の終はりの雅楽鳴り

風鈴に願ひの数の音色あり

剝製の軍鶏の鉤爪日の盛

煙草吸ふ夫の来ぬまま門火焚く

とげのある身を寄せ合うて秋の風

雄鳥の時をり鳴くもそぞろ寒

木の実落ち終の住処を探しをり

駄菓子屋に立ち寄つてゆく七五三

一葉忌糸の通らぬ針の穴

茎漬やどかりと坐るわだかまり

松過の足をぶらぶらカフェの椅子

夫転び吾も転びて春の雪

涅槃西風馴染みの猫の姿消え

四月馬鹿大事な話聞き逃す

誕生仏灰かな甘さ浴びてをり

真っ白な新のハンカチ借りにくし

テーブルの気の抜けてをるソーダ水

遠雷や帰りの遅き上司待つ

夏の夜や火薬の匂ひ残りをる

昼顔や脚の短き犬喘ぐ

水筒のたぷたぷ音す山登り

片足の鳩の寄り来る終戦日

小菊挿し祖母の面影顕るる

久遠寺の太き柱や秋澄める

高台に富士を見に行く蛇笏の忌

跡継ぎのをらぬ家なり秋彼岸

ことことと夫の実家の栗を煮る

池上本門寺　二句

どこからか会式太鼓の迫り来る

国道に連なる僧侶御命講

客船の冬の灯抱き旅立ちぬ

冬北斗謳ひ継がるる物語

アイドルの笑顔のあせて古暦

ばらばらに靴脱ぎてある師走かな

大晦日事務所の鍵をきつく締め

山国の二日の朝の墓参

嫁いでも実家と同じ味噌雑煮

福豆や佳き占ひを当てにせず

持ち主を選ぶ剣や冴返る

流鏑馬の鏃の丸み風光る

結ひ跡ののこる我が髪蝶生る

生前の約束の場所春の海

衰運の予感を払ひ針槐

荒梅雨や槍携ふる武士の像

消火器の錆び付いてゐる半夏生

夏の月神社の風のひんやりと

木の上の栗鼠のだらりと夏日影

草原を走れど夏日遠のきし

思ひ出になりゆく人や水中花

蘭鋳の哀しき泡を吐いてをる

タイ　四句

象兵の鼻高く上げ夏旺ん

熱帯夜座席の硬き闘技場

バンコクの路地に迷へる極暑かな

踊り子に手招きさるる熱帯夜

夜店の灯飴の揚羽の煌めきて

夏の夜のタロットを読む占ひ師

震災忌ノイズの交じるラジオかな

三味線の弦切るるまで風の盆

八朔や開かずの戸棚整理して

陰のある人に惹かれて曼珠沙華

蟷螂に威嚇されたる廊下かな

花カンナ呪ひのダイヤあるといふ

蠟燭の芯の短し獺祭忌

葛の葉や武田の隠す甲州金

参道の柘榴の熟れて鬼を呼ぶ

乗るはずの電車遠のき星月夜

水澄みて心に船を浮かべけり

絹垣の煌めいてをり秋日和

そぞろ寒護り刀の錆びてをる

境内の井戸の閉ぢられ秋深し

跳ね橋の名残の震へ冬の雨

久女の忌激しく鳴きて鳥発ちぬ

雪催ピアスの穴の腫れてをり

傘干してある待春の資料館

# 第四章　星飛んで　２０１６〜２０２１

春浅し最後のページ先に読み

踏切に捕まつてゐる春の昼

冴返る武士の遺髪の黒々と
黒髪に花種付けて帰りけり

繋留のボートぶつかる春の果

地に這つて蝌蚪突きをる男の子

今にして気づく皮肉や椎の花

名門に回らぬ役や額の花

性別の薄くなりをり青瓢

秋祭薄荷パイプを深く吸ひ

十六夜や象の遊具の目の光

間引かれし青無花果のそのままに

池上本門寺　二句

先導のゆつくり歩き御命講

万灯の引かれて帰る裏の道

冬の星灯りの落ちし町工場

初乗りの寄り添ひ眠る家族かな

卒業歌震へる声の聞こえ来る

尼僧炊く寸胴鍋の甘茶かな

紅薔薇や嫌ひな人と二人きり

雨乞の湖面静まり瑠璃の濃し

藍浴衣姉より長き足の指

プールぎは少女の光る膝小僧

揚花火母の背中の遠くなり

拾ひしはスパイ映画のサングラス

秋北斗真田忍びに感書あり

秋の雨黄泉へ送るといふポスト

仏壇の灯に艶めきて黒葡萄

愛称で呼ばるる大樹小六月

水面に鴨の羽毛のそつと浮く
冬鳥や羽撃くために棄てしもの

冴返る手水に残る水の跡

薄氷や気づかぬ振りのうまくなり

百点にならぬ答や春の塵

半仙戯自分に呪文かけてをり

蚯蚓果つ理想と違ふ新天地

祖父眠る山に老鶯鳴きにけり

ぶらぶらと祖父の故郷風薫る

曖昧な約束をしてゼリー食ぶ

のうぜんや赤子の肢体だらりとす

今朝の秋制服の襟正しけり

水澄むや魚の影の速くなり

水甕の水草揺らぐ厄日かな

前七日水の涸れたる用水路

庭広き夫の実家の一位の実

重陽や手酌ですすむ夫の酒

残されし厚き恋文星月夜

他所者に寄り添ふごとく秋の蝶

山霧は穢れを祓ひ奥の院

短日や人事部長の薄き笑み

雪催本社面接足重く

呼び声は少女の声の焼芋屋

親戚の行き来無くなり冬の山

炬燵から甥の顔出す実家かな

三日はや企み事の甥の顔

薄氷や見通し立たぬ残務処理

春の闇猫の嫌ひな猫の居て

廃墟めく新宿歩く霾ぐもり

人知れず墓標に桜降り注ぐ

地下鉄の古き車輛の扇風機

授業では教へぬ歴史五月闇

喧騒とピアノ流るるビヤホール

夏の夜やおごられてゐる立飲み屋

原爆忌寄辺の水の濁りけり

長旅の白き靴下秋の雲

百地蔵に百の願ひや冬日向

父の着る褞袍の袖の短くて

群衆はただただ火事を見つめをる

児は胸で鼓動聞きをり冬日向

山寺に翼休むる鷹一羽

菩提寺の献花の水の凍りをる

三椏咲く甥に彼女の出来てをり

鼻に皺寄せ虎杖を齧りたる

春の海初航海の白き船

涅槃西風荷台の牛は高く鳴き

引継ぎの終はらぬままに桜散る

猫の子の牛若丸のごと跳びぬ

春闘や灰汁強き物食べてをり

春の泥同じあやまち繰り返し

糧として奪ふ命や花の塵

夕焼雲父の歩幅の狭くなり

花びらは唇のごと薔薇香る

鳥遊ぶ夏空映すにはたづみ

ぼうふりごとバケツの水を捨てにけり

故郷の水のおいしさ夏料理

終戦日祖父の作りし捕虜の匙
こぼれ萩手に残るもの少なくて

反論はスパイスのごと鏡花の忌

星飛んで結末変はる物語

# あとがき

幼いころから空想好きだった私は、大人になると、ネガティブな妄想をしがちになっていました。

ネガティブな妄想を語る私に、友人（元同僚の黒澤麻生子さんが）は「そんなことを考える時間があるなら俳句を作ったほうが良い」と言い、句会に誘ってくれたのです。それが俳句との出会いでした。

私の実家では祖父母と同居ということもあり、四季折々に神社仏閣にお参りに行っていました。歳時を大事にする家だったのです。そのような環境で育ったためか、伝統行事や伝承される物事が好きでした。ですから、好きなことを考え、句に詠んで、友人たちと吟行に出かける俳句に夢中になっていったのです。

俳句との出会いから十六年あまりの間には祖母が亡くなり、結婚し、会社が吸収合併されてしまうなど、色々なことがありました。途中、俳句に向き合うことができなくなり、止めてしまおうかと考えたこともありました。けれども句作を通じて繋がりを強めた友人達の存在が私を俳句の世界に引き留めてくれました。今は止めなくて本当に良かったと思っています。

この句集には十六年間の嬉しいこと、悲しいことなど、俳句に託したさまざまなことが詰まっています。読んでくださった方に、どれか一句でも共感していただけたら幸いです。

最後に、励ましてくださった鍵和田秞子先生、序文を賜った藤田直子先生、うららの会を始めとした、句友、家族そして句集出版に携わってくださったすべての方々に感謝したいと思います。本当にありがとうございました。

令和四年水無月

志村斗萌子

**著者略歴**

志村斗萌子（しむら　ともこ）

昭和48年　東京都生まれ
平成19年　「プランタン句会」参加
平成20年　「未来図」入会
平成21年　「秋麗」創刊参加
平成26年　「未来図」新人賞受賞
平成27年　「未来図」同人
令和２年　「秋麗」同人
俳人協会会員

句集　星飛んで　ほしとんで

二〇二二年九月三〇日　初版発行

著　者――志村斗萌子

発行人――山岡喜美子

発行所――ふらんす堂

〒182-0002 東京都調布市仙川町一―一五―三八―二F

電　話――〇三（三三二六）九〇六一　ＦＡＸ〇三（三三二六）六九一九

ホームページ http://furansudo.com/　E-mail info@furansudo.com

振　替――〇〇一七〇―一―一八四一七三

装　幀――和　兎

印刷所――明誠企画㈱

製本所――㈱松岳社

定　価――本体二六〇〇円＋税

ISBN978-4-7814-1503-1 C0092 ¥2600E